THE SHAPE OF IDEAS

IDEAS

아이디어를 찾아
밤을 지새우는 창작자들에게

천재가 어딨대¿

그랜트 스나이더 지음 | 공경희 옮김

월북

이 책을 안나, 트렌트, 로건에게 바칩니다.
너희 아이디어가 미래를 만드니,
크레용이 부족해지는 일이 없기를.

응원과 격려를 아끼지 않으며 창작 과정을 포함한 매사에
나를 참고 봐준 카일라와
내 제2의 두뇌로 만화에 감칠맛을 더해준 개빈.
내 첫 독자인 두 사람에게 깊이 감사드립니다.

차례

천재는...

영감 1%

노력 29%

즉흥성 5%

열망 8%

사색 7%

탐구 15%

일상의 좌절 13%

모방 11%

절망 10.9%

순수한 기쁨 0.1%

이 책을 선택한 당신은 아이디어를 구하는 사람일 것이다. 봄날 오후 공원의 나무 그늘에서 아이디어를 찾는가 하면 소낙비 속에서 아이디어를 기다리다가 손가락, 발가락이 건포도처럼 쪼글쪼글해지기도 하고, 아이디어 때문에 한밤중에 깨어 식탁에서 새벽이 올 때까지 써내려가다 다음 날 지쳐 나가떨어지기도 했을 것이다.

어쩌면 사랑하는 이들은 당신이 너무 오래 궁리한다고 투덜댈 것이다. 친구들은 당신이 술집, 식당, 자녀의 생일 파티에도 수첩을 들고 다닌다고 흉볼 테고. 수업이나 중요한 회의 중에 종이에 메모를 하다가 눈총을 받은 적도 있을 것이다.

가끔 친분이나 직업적인 성공을 희생하면서 독창적인 아이디어를 찾는 것을 자책하는가? 어느 날 바닥 모를 창의력의 우물을 발견하리라 꿈꾸면서 참신한 아이디어를 간절히 찾는가? 이따금 아이디어 모색을 완전히 포기하고 안락한 일상 속에서 살아가는가? 언젠가 아무런 아이디어도 떠오르지 않을까 두려운가?

이 책은 이런 고민들을 해결하도록 도와주지 않는다. 바닥 모를 창의력의 우물? 그런 것은 존재하지 않는다.

하지만 절망하지 말기를. 이 책에 나오는 만화들은 원래 백지였다. (아마 한두 군데는 계속 백지로 남아 있지만.) 2009년 우연히 만화를 그리기 시작한 이후부터, 나는 매주 적어도 한 장짜리 만화를 그리는 것을 목표로 삼았다. 머리에 떠오르는 아이디어를 놓치지 않으려고 자주 스케치북을 들고 다닌다. 아침마다 작업을 시작하기 전에 커피를 마셔대고, 작업대에 앉은 채 어렴풋한 아이디어를 세상에 내보일 만한 장면으로 만들려고 노력하고 있다.

당신이 창의력을 발휘할 때, 이 책에서 통찰력을 얻으면 좋겠다. 창작의 애환을 누릴 수 있기 바란다. 무엇보다 아이디어를 모색하는 당신에게 이 책이 격려가 되기를.

Grant Snider

캔자스주 위치타에서
그랜트 스나이더

영감

아이디어의 형태

밤에 반짝 떠오른 아이디어가

아침에 전혀 다르게 보일 때가 있다.

오래된 아이디어를 무작정 부수진 말자.

그 위에 새로운 아이디어를 쌓아보자.

깊은 어둠 속에 숨은 아이디어들

그 안은 꼼꼼히 살펴볼 가치가 있다.

잔잔한 순간에

상상도 못한 아이디어가 떠오른다.

구체적인 아이디어를 내려고
쩔쩔매고 있는가?

대략적으로 구상해보자.

최고의 아이디어를 찾는 동안에도

작고 간단한 아이디어를 무시하지 말자.

완벽한 아이디어

여기 어딘가에 있다는 걸 알아.

좀처럼 잡히지 않지만.

너무 높은 곳에 있거나

너무 복잡하고,

너무 빛이 나.

너무 유치해.

너무 사소하고.

너무 거창하거나

너무 비슷비슷해.

자, 이제 완벽한 아이디어를 찾자!

그러니까 여기 어딘가에 있는데...

12

내 생각은

눈부시게 밝고

인기를 한 몸에 받으며

거대하지

익명을 요구하면서

다른 사람과 공유할 수도 있고

깨달음을 얻게 하고

초현실적이며

소설처럼 참신해

압도적이고

이기적이면서

무시당하기도 하고

조심스러운 동시에

제한적이야

부화되지 않고

빌려오기도 하고

야행성이지

잠 좀 자자!

생각이라는 이름의 열차

욕망이라는 이름의 전차

망상이라는 이름의 손수레

미루기라는 이름의 역

동기라는 이름의 모노레일

거창한 아이디어라는 이름의 곤돌라

후회라는 이름의 롤러코스터

무의식이라는 이름의 지하철

각성이라는 이름의 증기 기관차

예기치 못한 통찰이라는 이름의 버려진 철로

기회가 노크하다

기회는 예의바르게 노크하는 일이 거의 없다.

느닷없이 들이닥치고

문 따위는 완벽하게 무시하지.

아니면 엉뚱한 시간에 나타나서

DING DONG
DING DONG
DING DONG

이웃들을 괴롭히고

암호 같은 쪽지만 두고 간다.

못 만나 유감!
월-금
1am-11pm 사이
재방문 예정

하지만 입구를 찾으면

기회는 알아서 들어와

자신을 움켜잡을 사람을 선택한다.

나의 뮤즈들

역사의 뮤즈 클레이오는
내 이름을 몰랐다.

찬가의 뮤즈 폴리힘니아는
내 방에 불을 냈지.

사탄의 음악!

연애 시의 뮤즈 에라토는 침대에
정오까지 누워 있었다.

기쁨과 노래의 뮤즈 에우테르페는
불협화음을 연주해댔고

희극의 뮤즈 탈리아는
나를 놀림감으로 만들었다.

서사시의 뮤즈 칼리오페는
집세를 못 냈고

지금은 못 줘요,
호메로스를 읽고 있거든요.

하늘의 뮤즈 우라니아는
별만큼 멀리 있었다.

비극의 뮤즈 멜포메네는
나를 차로 쳤고

춤의 뮤즈인 테르프시코라는
내게 근육통을 줬지.

고통만을 남기고 간 뮤즈들이지만,
그래도 나는 그들이 다시 돌아왔으면 해.

창의적인 살림

마당에는 잡초가
무성하다.

수도꼭지에선 물이
뚝뚝 떨어지고.

청소기는 먼지를
뒤집어썼다.

화분들은 간신히
살아 있다.

고양이는 알아서
먹이를 찾아야 한다.

쓰레기통에는
커피 찌꺼기 넣을 틈도 없다.

이웃들이 불평을
시작했다.

전화벨이 울려도,
아무도 받지 않는다.

사방에 개미 떼가
들끓는다.

살림은 잠시
미루어두자.

예술가들이 생각을 풀어내느라 바쁘니까.

노력

아이디어를 얻는 방법

맞는 곳을 파고 들어가면 표면 위로 솟아오를 것이다.

낯선 두 가지 것들이 합쳐져서 생산되기도 한다.

자는 동안 포착할 수도 있지만, 운이 좋아야 알아차릴 수 있다.

함정을 설치한 뒤 참고 기다리면 큰 것이 걸리기도 한다.

어떤 것은 절망에 빠진 순간에 나타나기도 하고.

대부분의 경우, 찾는 일을 그만두어야 비로소 당신에게 다가올 것이다.

언덕을 오르는 방법

밤사이 언덕에
가로막혀 있다면

약간의 휴식을
취하자.

아침이 되면,
작고 성취 가능한
목표를 세우자.

계속 앞으로
앞으로...

정상에 다다를
때까지!

내려가는 길은
언제나 빠르니까.

다음에
어떤 언덕이 나타날지
누구 아는 사람?

좋은 생각, 나쁜 생각

보기엔 제법 비슷해 보인다.

하지만 행동은 아주 다르다.

어, 새로운 생각이다!

잡아서 분류를 하자.

어떤 종류일까? 알아내려면 쫓아가는 수밖에!

그러다보면 당신은 낯선 곳에 가게 되고...

점점 더 복잡한 작전이 필요해진다...

그리고 아예 놓치기도 할 것이다.

쫓아갈 가치가 있었을까?
대답할 수 있는 사람은 당신뿐.

브레인스토밍

생각의 가뭄

인공 아지랑이

흩어진 생각들

불안정한 대기

고압 전선

영감의 보슬비

창의력 소나기

예상치 못한 현상

미루지 않으려고

내 자리에
나를 고정시킨다.

유혹하는 소리들을
무시하려 애쓴다.

밥 줘!
물 줘!
나가기
좋은
날이야!
날 읽어줘.
나도!
나도!
날 혼자 둬.
누가 메일을
보냈나?
나도 아이디어가
있어!

인생은 짧다는 말을 되새긴다.

무언가를 이루기 위해
낭비할 시간은 없다.

상상 속의 라이벌을 만든다.

그리고 나의 작업물로
그를 물리친다.

더 지겨운 일들을 찾아낸다.

그리고 다시 그 일을 미룬다.

Nothing 무제

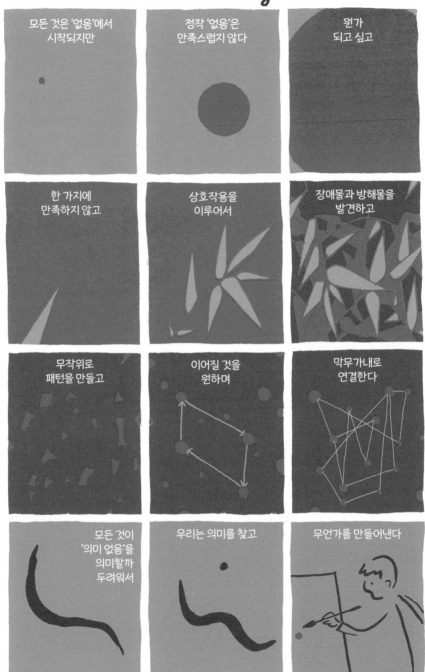

건초 더미에서 바늘 찾기 —

맞는 건초를
못 찾을 것 같아.

가장 좋은 것은
이미 남이 찾아냈고.

이건 굴뚝에서
바늘 찾기로군.

더 가까워지고
있나?

때론 내가 그
건초 더미인 것 같아.

밤에 바늘을
찾았는데

낮에 보니 지푸라기로
변하더라고.

눈에 보이는 건초 더미가
없는 것 같아.

그러다 바늘 더미로
빠지고 말지.

멀티태스킹

한 번에 한 가지 일만 하려고
해본 적이 있나요?

아무 일도 되지 않고,
점점 화가 나죠.

나는 동시에 모든 일에
매달리는 것을 선호합니다.

각각의 일을 하긴 해요.
...엉터리로.

과정

집중해

아무것도 보이지
않을 정도로

지금 생각하고 있는 것만
남을 때까지

그런 다음 하나씩 하나씩

적어두자

잘 보이는
검은 잉크로

머릿속 인테리어

벽에 부딪히기

벽에 부딪히는
일을 반복하면

음악이 된다.

벽의 기울기를
측정하고

서서히 벽을
넘어간다.

영원할 것 같던 벽이

허상인 경우가 있다.

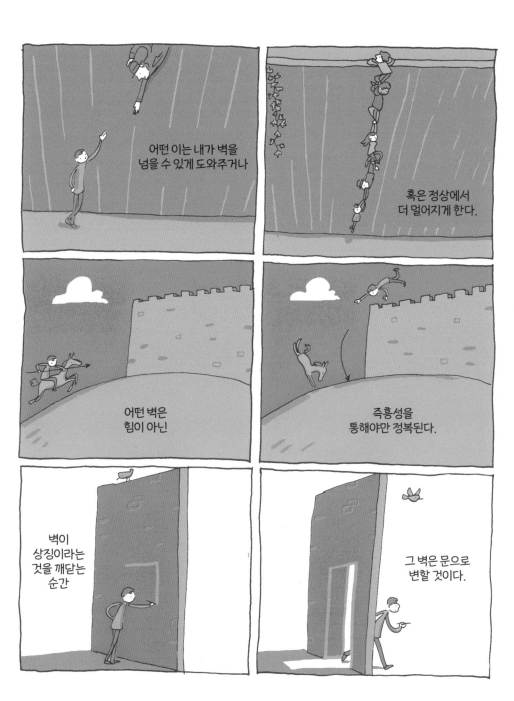

즉흥성

매일을 재즈처럼 연주하라
PLAY EACH DAY LIKE Jazz.

침착하게.
하지만 너무 처지진 않게.

체계와 반복의 개념을 만들고.

즉흥 연주를 망설이지말자.

남들이 내게 말하는 생각들을 듣자.

만족스러운 주제로 돌아오자.

자유로운 재즈로 끝내자, 독특하게!

달 그리기

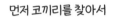

먼저 코끼리를 찾아서

딸기 소다를 대접하고,

한 방울도 남김없이
마시게 한다.

똑바로 서게 하여

탄산이 효과를 발휘하게
만든다.

코끼리는
창백해져서

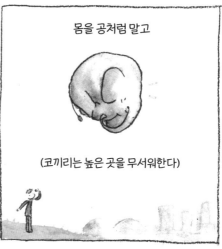

몸을 공처럼 말고

(코끼리는 높은 곳을 무서워한다)

신비로운 대낮의
달이 된다.

마법이 풀리기 전에
얼른 그리자.

백지 찾기

운명의 바퀴

소박한 아동기

까칠한 청소년기

실험적인 시기

연애 기간

부모 노릇

위기의 중년

은퇴의 시간

별난 노년기

인생 그리기

인생은 직선.

인생은 원.

인생은 통제 불가
나선형.

인생은
아름답고 소중해!

인생은 고약하고,
잔인하고, 게다가 짧아.

인생은 환상이라구,
친구.

인생은
놀라움의 연속.

인생의
의미는 뭘까?

그거야 본인에게
달려 있지!

인생은 가치 있어.

인생은 덧없어.

인생이 끝나면
뭐가 있을까?

인생에는 품위 있는
패턴과 규칙이 있지.

인생을 안다고
생각할 때...

인생은 새롭게 시작되지.

잃어버린 조각

나한테 빠진
조각이 있다.

어쩌다 이렇게 됐는지는
잘 모르겠어.

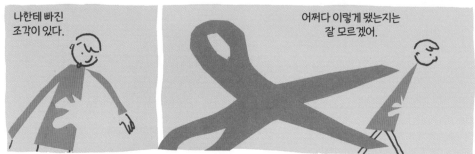

신경이 쓰이진
않는다.

보통은.

때론 장점도 있고.

빈 곳을 메울 것들을 찾곤 하는데.

도움이 되긴 돼. 일시적으로는.

세상 모든 곳이 무대다

어린 시절 난 모든 사람들이 연극을 공연하는 배우라고 생각했다.

10대 때에는 보이지 않는 관객이 내 움직임을 일일이 비평한다고 느꼈고.

어른이 되자, 나는 사람들이 각자 주인공이 되어서 연출한
정신없는 즉흥 공연에 합류하게 되었다.

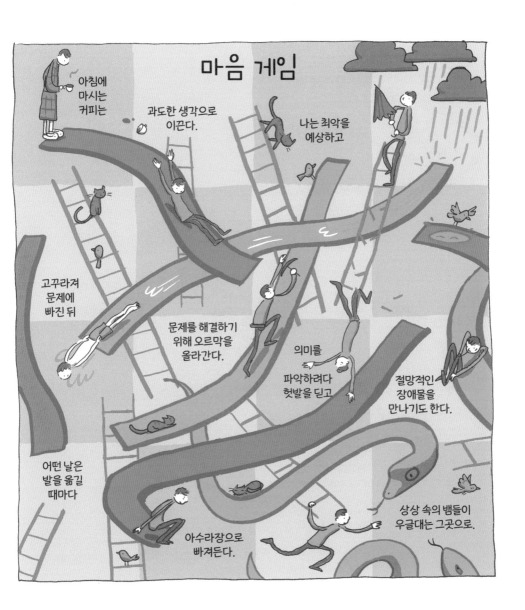

선의 속성

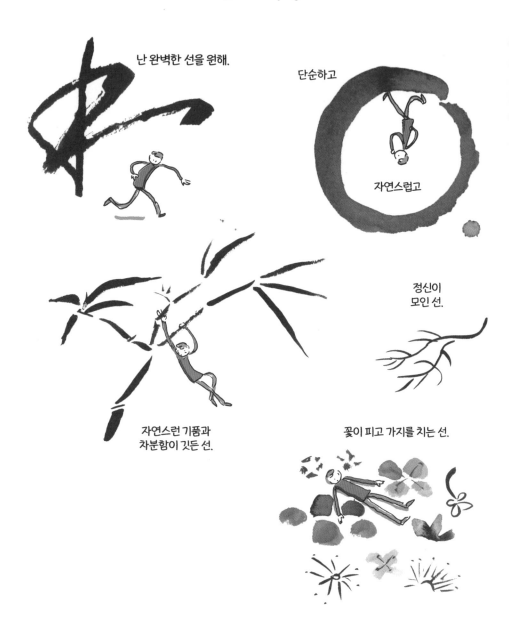

난 완벽한 선을 원해.

단순하고

자연스럽고

정신이
모인 선.

자연스런 기품과
차분함이 깃든 선.

꽃이 피고 가지를 치는 선.

생명력이
있는 선.

그렇지만 내가
계속 그리는 선은

내 모습을
그대로 닮았군.

열망

도약하기

야망의 본질

운이 좋다면, 당신은 자신이 좋아하는 일이 무엇인지 찾아낼 것이다.

다른 사람들도 그것을 알아차릴 거고.

당신은 실력을 키우려고 애쓸 것이다.

그 일이 곧 당신을 규정하게 될 것이고.

결국, 능력을 인정받게 될 것이다.

하지만 역풍을 만날지도 모른다.

내적 혼돈에 휘말릴 때도 있을 것이다.

격렬한 경쟁과,

자기 회의감에도 빠지겠지.

능력자가 되려고 분투할수록, 당신의 일은 더 커지고! 빨라지고! 이질적이 되고!

결국 당신은 통제력을 잃고 말 것이다.

그리고 남는 것은
아무것도 없을 것이다.

맨 처음에 사랑했던 것을
제외하면 말이다.

성공으로 가는 길

직선

신화적인

갈림길

파격적인

구불구불

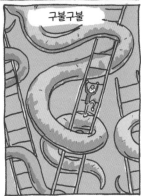

허공으로

미지의 영역

깊은 생각

위험한

미치게 만드는

미니멀리즘은 간단하다

불필요한 것을 치운다.

체계를 만든다.

숨은 의미를 찾는 일을 그만둔다.

단단한 것들을 포용한다.

패턴에 몰입한다.

빈자리를 겁내지 않는다.

단정함을 유지한다.

다채로워지고 대담해진다.

과한 표현은 하지 않는다!

단순한 게 낫다.

하지만 단순해지는 건 보기보다 어렵다.

올해

큰 꿈을 가질 거야.

마음 내키는 대로 할 거야.

내 두려움과 맞설 거야.

진정한 나를 찾을 거야.

어떤 장애물도 뛰어넘을 거야.

불가능한 목표를 달성하려 할 거야.

후회 없이 살 거야.

어떤 것도 내가 가는 길을 막지 못할 거야.

포기

무엇이든 원하는 대로 될 수 있다!

타고난 능력이 있고

괜찮은 경제 사정 속에서

긴 세월 부지런히 공부한 후에

적당한 기회가 생겨서

다른 의무를 저버리면

무엇이든 원하는 대로 될 수 있다...

그런데 정말 무엇이든
원하는 대로 될 수 있을까?

졸업생에게 보내는 메시지

교육을 받기 위해서,
당신은 많은 고리들을 뛰어넘어야 합니다.

어떤 고리는 경쟁이 극심하지요.

어떤 고리는 완벽한
타이밍이 필요하고요.

처음에는 도달하지
못할 듯한 고리도 많아요.

지루하게 느껴지는 순간들도 있고요.

불타오를 때도 있을 테고

당황스럽기도 하고요.

하지만 종종 상상력이 빛날 때가 있습니다.

운과 시기가 맞으면,
마지막 고리에 다가설 수 있게 되지요.

그리고 고리가 보이지 않는 곳에
다다르게 될 겁니다.

당신은 뛰어넘기를 중단해야 될까요?

아니죠! 이제 스스로
고리들을 만들어야 합니다.

결심

결심은 세우면 세울수록

RESOLUTI

결심

더 흐릿해진다.

새로운 가능성들은

탁해지고 뭉개진다.

내가 그린 조용한 길은

알고 보면 북적댄다.

새해가 밝았지만

아직도 예전의 나 그대로다.

나의 목소리를 찾아서

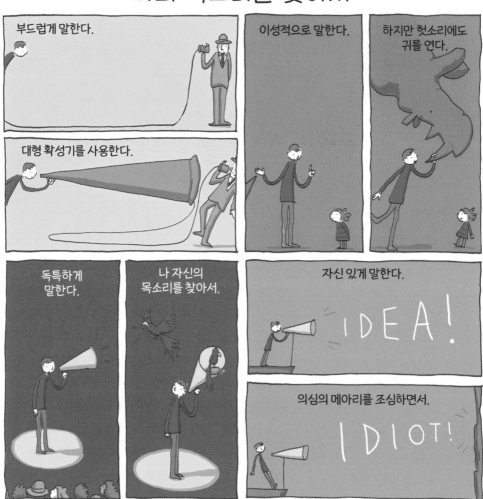

간단하게 말한다.

열정적으로 말한다.

내 말이 빛날 수 있도록.

말은 꼬이기 쉬우니까.

적당히 말한다.

다만 내 목소리를 삼키진 말자.

마음을 말한다.

그리고   듣자.

실망의 법칙

작은 연못에서만 낚시하기

낮은 가지에 매달리기

비가 내릴 낌새에
예민하게 굴기

예측 가능한 이들만 사귀기

단단한 바닥만 딛기

꽃을 꺾을 생각은
하지도 말기

아침에 깨자마자

꿈을 전부 잊어버리기

꿈은 실망으로
변할 테니까

높은 가지에 팔을 뻗기

일기예보 따위는
무시하기

새 도전거리를 만들기

예상치 못한 초대에도 응하기

정신없이 춤추기

꿈 내용을 기록하기

그걸 다른 이에게
말해주기

걸음을 멈추고 꽃을 꺾기

명심할 것: 실망하는 것보다
나쁜 일들도 있다

백 일 몽

대도시에서.

오래 산 동네에서.

작은 집에서.

추운 방에서.

누군가는 꿈을 꾼다.

다른 어떤 사람이
되는 꿈을.

다른 방에서.

다른 집에서.

이상한 동네에서.

마법 같은 일이 벌어지는 도시에서.

가벼움

내가 가장 되고 싶은 것은 열기구.

잔디밭에 펼쳐져서

아침 공기를 폐에 담고

숨 쉴 때마다

점점 커져서

똑바로 선 뒤

날아오른다

평범하지 않은 길을

새 지평선을 향해서

사색

생각 모으기

나른한 생각

병에 담은 생각

이상한 생각

원치 않는 생각

머나먼 생각

추상적인 생각

아무 생각 없음

흩어진 생각

과도한 생각

깊은 생각

어두운 생각

탐나는 생각

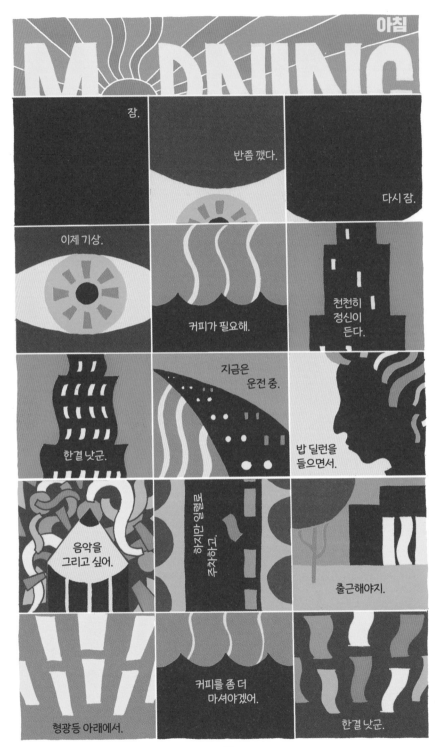

색깔들

잿빛 아침에

블랙 커피를
마신다.

초록빛 생각들이
나를 감쌀 때까지.

노란 빛이 드는

맑은 날

생각들은
갈색 낙엽이 되어
흩날린다.

내 모든
주황색 초점이

붉게
변하면서

해질녘
나뭇가지도
보랏빛으로
물들고

그러면 푸른 밤에

하얀 꿈들이 떨어지고

남색 생각들이
기어 다닌다.

오늘 난 아무것도 하지 않을 것이다

하지만 잔디가 더 파랗게
자라도록 북돋워주고

꽃이 피기를 기다리고

지빠귀의 야망을 분석하고

다람쥐의 물리학을
공부하고

하늘로 뻗은 가지에 대한
글을 읽으면

아직 읽지 않은 페이지를
바람이 넘기겠지.

난 빈둥거림의 달인이 될 거다.

오늘은 심심함에 바친 휴일이야.

비밀

난 삶의 비밀을 찾아 나선다.

내가 보는 곳마다 단서가 있다.

가장 늦게 녹은 눈 속에,

나뭇가지에 앉은 다람쥐에,

그림자 속에 새겨져 있고,

하늘에 적혀 있고.

그것들은 하나의 비밀을 가리킨다.

너무 간단해서 생각하지 못한 것으로.

그 비밀이란 바로 '주의를 기울여라'.

인식의 문제

난 사물을 있는 그대로 보려고 애쓴다.

하지만 너무 단순화하는 경향이 있지.

감정에 치우치고.

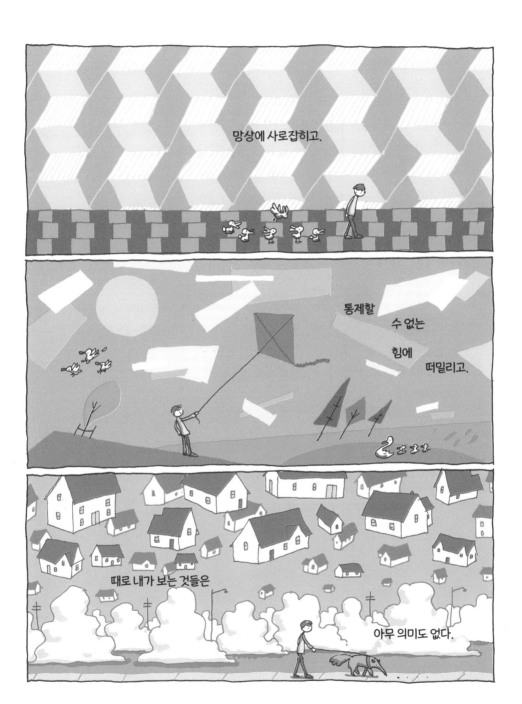

REFLECTION 반영

REFLECTION 반영

여름은
복잡하지 않다.

한 가지
중요한 것은

물에 비치는
하늘뿐.

왜 미래의
가능성에 연연하지?

이곳엔 현재만 있을 뿐.

아주 깊이 빠졌을 때에도

나는 물 위를
향해 올라와

여름날 오후처럼
느긋하게 떠다닐 것이다.

생각의 장소

편안한 곳

호기심과 탐구심이 있고

조금의 방해도 없고

생각이 자라는 곳

숨겨진 영감이 가득한 곳

과로 후에 쉴 곳

문제를
해결할 수
있는 곳

느긋해지고

재충전하고

무의식에 사로잡혀

아늑한 곳에
엎어지면

생각이 자라는
새로운 곳

내가 좋아하는 것들

아침에 내리는 비

존 콜트레인

무선 노트

앉아서 무언가를
보는 시간

무료 리필 커피

세 번째 잔

단풍 드는 나무들

어슬렁거리는 고양이들

모자 쓴 노신사

몰려드는 거위 떼

장난친 간판

담쟁이덩굴로 덮인 집

오리들이 나는 모습

낮게 드리운 하늘

까불대는 다람쥐들

맨손체조를 하는 소년

팔걸이가 없는
작은 의자

헬멧 모양으로
눌린 머리칼

먹이를 먹는 오리들

담쟁이덩굴을 걷어낸
전에도 봤던 그 집

개 산책 시간

뜻밖인 곳에 핀 꽃

나뭇가지 사이로
보는 저녁놀

그림으로 가득 찬 스케치북

달팽이의 속도

나는 경마장 같은 무한 경쟁을 떠난다.

나는 합류한다...

달팽이의 속도에!

구름과 함께 출퇴근하고

애벌레를 따라잡고

많은 배춧잎을 모으고

별들과 함께 잠들고

앞을 가로막으면 점액 한 방 먹이고

인생을 관조하며

내 의지 속으로 들어갈 거다.

아무것도 하지 않기

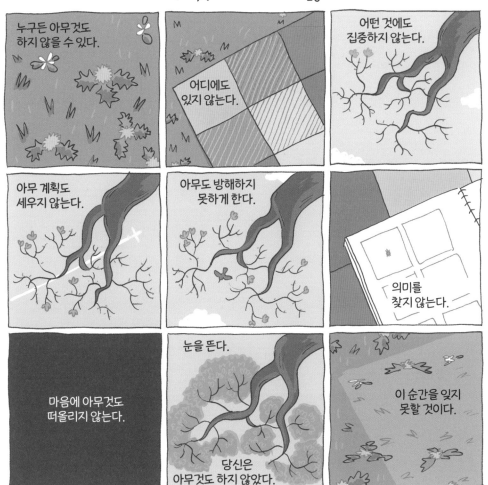

가을의 이론

한밤중, 화가들이 나뭇잎을 색칠한다.

아침이 되면 매우 다른 모습이 된다.

가을은 종말을 다룬 무성 공포 영화처럼... 펼쳐진다.

많은 도심의 나무들이 가을 패션으로 갈아입지만, 예전 스타일을 고수하는 나무도 있다.

누가 계절의 아름다움을 거부할 수 있을까?

색맹인 시인이라면 모를까.

소음 사이로

상상력을 기르는 법

잘 자랄 수 있는 자리를 찾는다.

큰 구멍을 판다.

물을 준다.

한동안 궁금해 한다.

달빛이 충분한지 확인한다.

매일 사랑을 준다.

새로운 아이디어를 맞아들인다.

남들과 나눈다.

숲을 가꾼다!

새로운 곳을 여행한다.

상상력 한 그루를 챙겨간다.

잘 자랄 수 있는 새로운 자리를 찾는다.

멋진
생각

좋은 아침

빗줄기가

지붕과
창문을
때리는 소리는

우주가
보내는 박수

늦잠자길
잘했다고

탐구

질문 던지기

작은 질문은 / 작은 발견으로 이어진다.

큰 질문은 / 큰 발견으로 이어진다.

어떤 질문은 / 의문이 더 깊어지게 한다.

뭘 물어야 될지 알면서도 / 대답에 놀라기도 한다.

어마어마한 질문은 / 어마어마한 문제를 낳을 수도 있다.

질문이 너무 많으면 / 이상한 사람으로 보일 수도 있다.

예사롭지 않은 질문에 맞닥뜨려서 / 어쩔 도리가 없으면

질문에 딱 붙어서 / 그것이 이끄는 대로 따라가자.

상자 밖에서
OUTSIDE THE BOX

모두 상자 밖에서 생각하느라 바쁘다.

더 큰 효과를 보려면 상자 안에 들어가야 한다.

새로운 관점으로 상자를 보자.

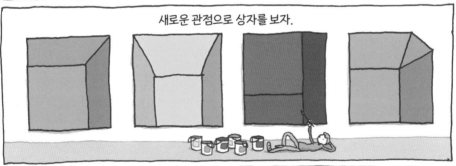

상자를 해체해서 새로운 쓰임새를 찾자.

결과를 알지 못해도 상자를 펼쳐보자.

상자의 수수께끼를 풀어보자.

어마어마한 질문은 최대한 멀리 밀어도 보자.

그리고 상자 너머로 가서 새로운 생각법을 찾아보자.

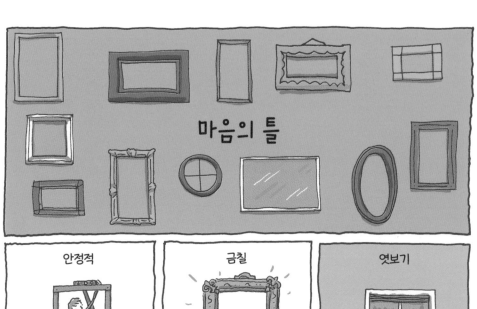

마음의 틀

안정적

금칠

엿보기

창의적

자기전시

성가심

독불장군	과다분석	뱀파이어

이기주의	시시함	초자연적

협소	장밋빛	틀밖

SKETCHBOOKS OF THE PROS

해양생물학자

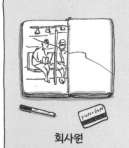

회사원

어린이

추상화가

메디컬 일러스트레이터

의인화하는 건축가

코끼리

기술 공포증에
시달리는 만화가

자기 검열하는 초상화가

낙심한 종이접기 공예가

문맹 타이포그래퍼

완벽주의자

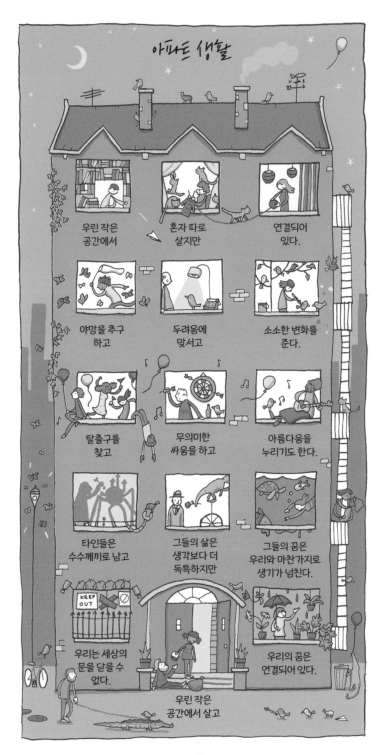

새 크레용

새 크레용 한 박스! 쓰던 것보다 훨씬 멋있어.

96가지 색깔이 완벽하게 줄지어 있고.

하나하나가 뾰족해.

색깔 이름도 시적이고.

나긋나긋한 보라

산뜻한 핑크

파카올리

신비로운 에메랄드

카능색 황혼

석회석

붉은

그리고 조합이 끝없이 가능하지.

아직도 새 크레용 냄새가 나.

왁스 냄새!

이번에는 진짜 근사하게 그려야 해. 새 크레용이라 잘 그려질 거야!

예전 크레용 좀 빌려줄래?

프리랜서를 위한 규칙

주변을 영감으로 채우자.

언제나 제대로 차려 입자.

일과 가정 사이의 경계를 만들자.

인풋과 아웃풋의 균형을 맞추자.

가끔은 수면을 취하자.

내 주변의 세상을 반영해보자.

나의 작업물을 홍보하는 것을 두려워하지 말자.

자화상

자기 성찰은 중요하다.

하지만 과하면 자멸할 수 있다.

진정한 자신의 모습을 감추고

자의식으로만 자신을 드러낸다.

긍정적인 자아상을 만들고

자기 표현을 포용하는 게 더 좋다.

그러려면 자기 확신과

자제력이 필요하다.

자기 실현을 추구하고

자아도취를 피하면

나 자신을 초월하는 무언가를 창조할 수 있을 것이다.

일상의 좌절

월요일
아침

NEGATIVE THINKING

이것은 멋진 풍경일까?

아니면 날 잡아먹으려는
악어의 입일까?

환한
스포트라이트
인가?

아니면
한밤의 외로운
길인가?

예쁜 꽃병?

아니면
실망한 얼굴?

하늘을 나는 연과
나비일까?

아니면
날아다니는 단검과
악마의 눈일까?

하릴없는 낙심의
소용돌이일까?

아니면 과도한
상상일까?

다양한 블록들

STARTING BLOCK
출발대

MENTAL BLOCK
기억의 차단

BUILDING BLOCK
장난감 블록

ICE BLOCK
얼음 덩어리

SUN BLOCK
자외선 방지

ROAD BLOCK
노상 장애물

MYTHICAL BLOCK
신화 속 장애물

WRITER'S BLOCK
작가의 블록*

*심리 요인으로
집필을 못하는 시기
—옮긴이

STUMBLING BLOCK
장애물

CHOPPING BLOCK
도마

UNBLOCKED!
장애물 제거!

BLOCK PARTY
블록 파티**

**블록의 주민들이
벌이는 파티
—옮긴이

105

거절

문에 대해서 생각하는 것을 그만두자.

열린 문틈이 보일 때까지.

그 문이 닫힐 때

제 시간에
들어갈 수 있을까?

쾅!

잃어버린 아이디어들

그 아이디어들은 우리를 떠나서
어디로 갈까?

작고 시시한 아이디어로 쪼개질까?

생명보험에
가입해!

코트 없이는 절대
밖에 나와서는
안 돼!

첫차를 타고
도시를 벗어날까?

하늘로 올라가
훌륭한 아이디어와 합류할까?

아무것도 모르는 보행자의
머리에 달라붙을까?

오늘은
스모그가
심하네요.

네.

정체성 위기를 맞아...

어쩌면 난
수증기에
불과하려나?

아하!

자신의 진정한 모습을
다시 발견할까?

아니면 집까지
따라와서...

꼭두새벽에
살금살금 들어와...

우리가 알아차릴 때까지
가지 않고 버틸까?

나의 창밖에는

번쩍이는 깨달음들

대단한 발명품들

내 상상 속 깊이 숨은 것들

흩어져 떠돌다가
증기로 변하는 순간

나는 종이에 그것들을
적어 내려가기 시작한다.

동기의 종류

내적

외적

경쟁

야행

지옥

영원

독창적인 프로젝트

사다리를 타고 올라가

가장자리에서 자세히 내려다본다.

이것은 소원을 비는 우물이다.

거울이고.

시간과 활기를 삼키는 소용돌이다.

나는 그 안에 몇 가지를 던져 넣는다.

매일의 사소한 것들

유년의 기억

읽었던 책   희망, 두려움

기묘한 꿈

(주의! 너무 많이 넣으면 기계가 고장 남.)

그런 다음 물리적 힘을 가하고...

만들어진 것을 본다!

내가 기대했던 것과 전혀 다르군.

이러려고 애를 썼나?

어쩌면 문제는...

나 자신을 그 안에 충분히 넣지 않았다는 것.

주문

온 세상이
잠든 동안 일어나

달빛이 쏟아지는 책상으로
조용히 간다.

포트 가득히
커피를 끓여서

좋은 생각이
떠오를 때까지 마신다.

그 생각을
가문비나무 껍질에

장어 잉크와 거위 깃펜으로
써내려간다.

나방의 비행과
개미의 행진 아래

부엉이가 날카롭게 울고
너구리가 춤추는 동안

쓱, 쓱, 온 힘을 기울여
적어나가자!

커피가 똑똑 떨어지면
더 많은 생각이 몽실몽실.

아침 해가 떠오르면
주문은 효력을 다하고

마법처럼 작품이 완성되어 있다.

모방

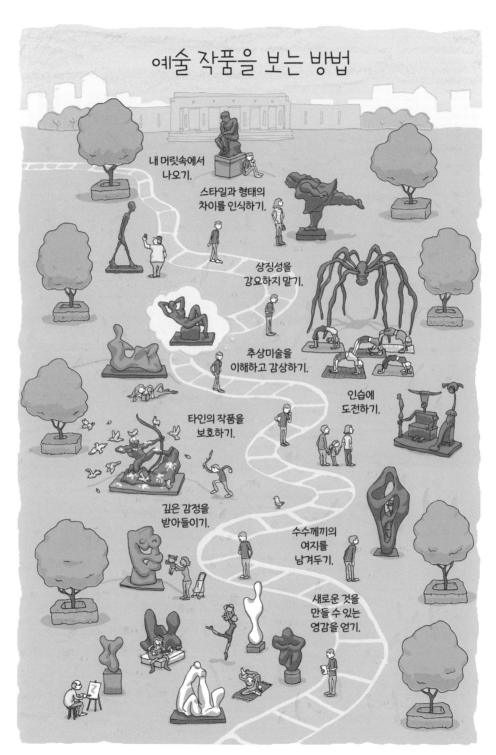

예술 작품을 보는 방법

내 머릿속에서
나오기.

스타일과 형태의
차이를 인식하기.

상징성을
강요하지 말기.

추상미술을
이해하고 감상하기.

인습에
도전하기.

타인의 작품을
보호하기.

깊은 감정을
받아들이기.

수수께끼의
여지를
남겨두기.

새로운 것을
만들 수 있는
영감을 얻기.

아무도 보지 않은 것처럼 디자인하라

다양한 서체들 중에서 선택하기.	세리프 	산세리프 	슈퍼-세리프
선을 이용해 분위기와 의미 표현하기.	고요 질서 	부조화 관능 	목적 카페인 과다
색채 관계를 이해하기.	보완적인 색 오, 멋진데. 고마워! 네 구두도 예쁘다. 	속삭이는 색 라일락에 대해 무슨 얘기를 들었냐면… 어머, 말해봐! 	대비되는 색 너처럼 지독한 색은 없어. 네 아이들을 잡아먹을 테다!
세 가지 기본 형태로 그리기.	기하학적 	자연 모방적 	악마적
구성 중인 작품의 공간에 주목하기.	부정적인 공간 뒤뚱뒤뚱 걷는 건 이제 지겨워. 	긍정적인 공간 날 수 있다고 난 믿어… 	외부 공간 우주-펭귄이다!

취미로 그리는 그림

다양한 재료로 실험해보자.

수채 물감 · 파스텔 · 아크릴 · 유화용 기름 · 템페라 대신 덴뿌라

딱 맞는 붓을 고르자.

난 상관없어. 뭐든 그려요.

뭘 그리든 놀라게 될 걸!

어쩌면 핑거 페인팅으로 바꿔야 될지도.

제발, 한 번만 더 적셔줘!

이런.

납작붓 · 팬 붓 · 세필 붓 · 테레빈유 중독 · 흑담비

인상적인 물감 팔레트를 선택하자.

중립적인 회색 · 수동공격적인 분홍 · 불타버린 주황 · 발음하기 힘든 파랑 · 튀겨진 황토색 · 혼란스러운 초록

영감을 주는 주제를 그리자!

목가적인 풍경

정물

기하학적인 도형들

포커 중인 개들

나체

내 감정

삶의 예술

젊었을 때, 나는 이상주의자였다.

내가 보는 모든 곳에서 아름다움, 경이, 의미를 발견했었지.

나이가 들면서, 나는 현실주의자가 되었다.

나는 아슬아슬한 세상과 힘든 진실들을 봤다.

이게 지루해지자, 나는 초현실주의자가 되기로 했다.

그 후 모든 게 아주 이상해지더군.

미국의 예술

현대 미국을 경험하고 싶군.

아침 해가 뜰 때 일어나서,

갓 구운 파이 조각을 맛보고,

시골을 산책하고,

만화책을 보고,

재즈를 들으면서 말이지.

과소비에 빠지기도 하고.

불필요한 싸움을 시작하고.

소음과 혼돈에 빠지고.

그리고 그 모든 것에서 아름다움을 찾는 거지.

디자인 체어

호기심 의자

자각몽 의자

유레카용 의자

여백의 미 의자

정숙한 의자

너저분한 의자

삼각함수 의자

2D 프린트 의자

중의적인 소파
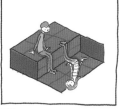

오토만 발 받침대 제국

협력 의자

유한한 의자와 무한의 탁자

칠교놀이 거실 세트

젤리곰 의자

건축에 대한 춤

브루탈리즘 발레

대평원 스타일의 투스텝 댄스

표현주의 스캥킹*
*스카 음악에 맞춰 추는 춤-옮긴이

아르데코 맘보
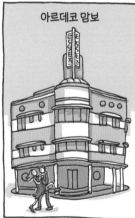

바우하우스 양식 바운스

포스트모던의 포고**

**스카이 콩콩을 타고 추는 춤-옮긴이

입체주의 셔플

미래주의 로봇댄스

미드센추리 모던의 막춤

나의 가장 친한 친구, 음반

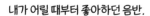

내가 어릴 때부터 좋아하던 음반.

그리고 고교 졸업 후 듣지 않은 음반.

늘 파티를 열고 싶어 하는 음반.

그리고 내게는 너무 똑똑하게
느껴지는 음반.

멋있어서 흉내내봤던 음반.

그리고 친구들이 못 견디는 음반.

긴장 완화에 도움이 되는 음반.

그리고 내가 용기내서 말을 거는 음반.

색깔 공부

색상환

방사능 마크

언덕을 굴러 내려가는
색상환

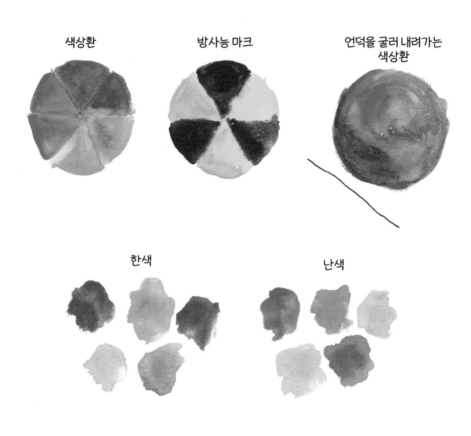

한색

난색

원색 비치볼

바람 빠진 원색 비치볼

다행히 누군가 가져온
2차색 비치볼

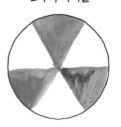

파랑+빨강 =

아이스크림 콘
(조심해요, 녹으니까!)

빨강+노랑=

망고
(잘 익었는지 보려면 눌러봐요)

파랑+노랑=

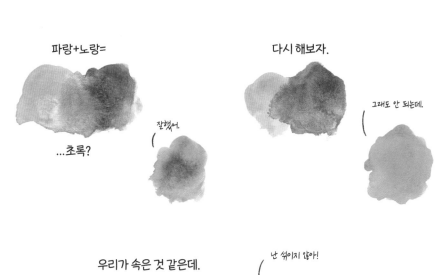

...초록?

잘했어.

다시 해보자.

그래도 안 되는데.

우리가 속은 것 같은데.

난 섞이지 않아!

The Ele**pha**nts of Typography

코끼리 활자체

세월이 흐르면서 표기법은 발전했다.

손글씨

새기기

가동 활자

디지털 활자

하지만 기본적인 글자 구조는
똑같이 남아 있다.

e h S

눈 어깨 척추

A g Q

줄기 목 귀 꼬리

활자는 시대 특징에 따라 분류할 수 있다.

abc
르네상스

abc
낭만주의

abc
신고전주의

abc
모더니즘

abc
사실주의

abc
포스트모더니즘

기본적으로 활자체에는 목적이 있다.

본문에 관심을 유도한다.

내용을 돋보이게 한다.

그 안에 깃든 설렘을
드러낸다.

색채의 음모

색채들은 신비로운 상징으로
고대의 질서를 지배했다.

대중문화에 영향력을
발휘하기도 했다.

그들은 거대한 사기꾼들이었으며...

교활한 연합체로 변하기도 한다.

어느 순간 따뜻해 보이다가도,
곧 차가워진다.

어둠의 스파이들.
그들은 진정한 모습을 감추고 있다.

색채들의 음모에
빠지지 말자.
당신은 그들의 영향력에서
벗어날 수 없다!

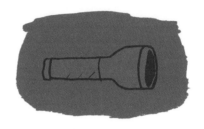

절망

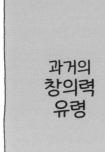

과거의
창의력
유령

현재의
창의력
유령

미래의
창의력
유령

가끔 흐림

느긋한 오후, 내가 좋아하는 동산에 올라간다.

하늘을 지나는 구름을 앉아서 바라본다.

오랫동안 보고 있으면, 구름은 새로운 모양을 띤다.

어수선한 아파트 단지

러시아워의 차량들

어색한 대화

답장하지 않은 이메일들

학자금 대출 빚더미

놓친 기회들

말하지 않은 것들

불쑥 등장한, 어마어마한 미지의 세계

밖에 나와 쉬니 기분이 좋군.

THE INTERNAL DECATHLON

비현실적인 기대감

자의식

정신 산만

실패에 대한 두려움

성공에 대한 두려움

악천후

잘못되는 상상

열악한 장비

피로감

예상치 못한 사건들

행복을 쫓아서

창의적인 사고

영감	뭔가 만들어야 해!	가치 있는 것은 이미 다 나와 있어.
야망	이거야! 큰 기회가 왔어!	내가 이 프로젝트를 맡을 자격이 있나?
몰두	여기는 방해하는 게 너무 많아.	한결 낫군.

순수한 기쁨

수채화

찾아보기

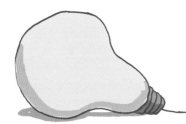

수정

내가 썼던
형편없는 것들을
하얗게 지우고 싶어

내가 그렸던 선들 중
마음에 들지 않는 걸
지울래

과거의 착오를
갈아버리고

Shake
Off
Mistakes

실수를
떨어내고

완전히
잘못 된
표현들을
전부
수정할 거야

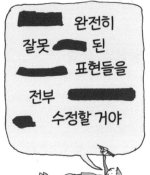

어색한 부분에
붙여 넣고

자신감

우유부단을 도려내고

Ctrl+x

뜻이통할
때까지도,
생각들을
교정해

실패들을
접어서

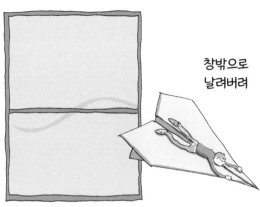

창밖으로
날려버려

빈 종이를
꺼내
다시
시작하자.

창작자에게 영감을, 책 좋아하는 사람에게 감동을 선사한 그랜트 스나이더의 책들. 세상을 부드러운 방식으로 새롭게 비틀어보고 싶다면 스나이더의 세계에 푹 빠져보길 바랍니다.

지은이 그랜트 스나이더 Grant Snider

낮에는 치과 의사, 밤에는 일러스트레이터로 일하고 있다. 《뉴욕 타임스》에 만화를 연재하면서 세상에 알려졌다. 2013년 카툰 어워드에서 '최고의 미국 만화'에 선정되었다. 새로운 아이디어를 찾아 헤맨 나날을 촘촘히 그려 넣은 『천재가 어딨어?』로 베스트셀러 작가의 반열에 오른 그는 전 세계 책벌레들의 필독서 『책 좀 빌려줄래?』와 혼자만의 시간을 단단하게 채우는 삶의 기술을 담은 책 『샤워를 아주아주 오래 하자』로 꾸준히 사랑을 받고 있다. 시적인 문장과 재치 넘치는 그의 그림을 따라가다 보면 우리의 삶도 환하게 빛나는 것만 같다.

옮긴이 공경희

서울대학교 영어영문학과를 졸업했고, 성균관대학교 번역대학원 겸임교수를 역임했으며, 서울여자대학교 영어영문학과 대학원에서 강의했다. 시드니 셀던의 『시간의 모래밭』을 시작으로 『호밀밭의 파수꾼』, 『모리와 함께한 화요일』, 『메디슨 카운티의 다리』, 『파이 이야기』, 『타샤의 정원』, 『타샤의 말』, 『우리는 사랑일까』, 『좀비』 등 다수의 책을 우리말로 옮겼다.

천재가 어딨어? 아이디어를 찾아 밤을 지새우는 창작자들에게

펴낸날 초판 1쇄 2018년 5월 10일
개정판 1쇄 2022년 8월 1일
지은이 그랜트 스나이더
옮긴이 공경희
펴낸이 이주애, 홍영완
편집장 최혜리
편집4팀 장종철, 박주희, 이정미
편집 양혜영, 박효주, 유승재, 문주영, 홍은비, 강민우, 김하영, 김혜원, 이소연
디자인 김주연, 박아형, 기조숙, 윤소정, 윤신혜
마케팅 김예인, 최혜빈, 김태윤, 김미소, 김지윤, 정혜인 **해외기획** 정미현 **경영지원** 박소현
펴낸곳 (주)윌북 **출판등록** 제 2006-000017호 **주소** 10881 경기도 파주시 회동길 337-20
홈페이지 willbookspub.com **전자우편** willbooks@naver.com **전화** 031-955-3777 **팩스** 031-955-3778
블로그 blog.naver.com/willbooks **포스트** post.naver.com/willbooks
페이스북 @willbooks **트위터** @onwillbooks **인스타그램** @willbooks_pub
ISBN 979-11-5581-510-6 (03800)

· 책값은 뒤표지에 있습니다.
· 잘못 만들어진 책은 구입하신 서점에서 바꿔드립니다.